VERLAG ANTJE
KUNSTMANN

Arezu Weitholz

Ein Fisch wird kommen

Verlag Antje Kunstmann

Fast alle in diesem Buch geschilderten Fische und Handlungen sind frei erfunden. Ähnlichkeiten mit lebenden oder verstorbenen Fischen sind aber nicht zufällig, sondern beabsichtigt.

Vorwort

Gehen Ihnen Fische auf den Geist,
hätten Sie sie längst verspeist.
Gingen sie auf Ihre Nerven,
würden Sie mit welchen werfen.
Legen Sie hingegen Wert auf diese Wesen
bleiben Sie zugegen –
und fangen an zu lesen.

Al Capone
(am Schreibtisch)

Aal Capone – Aal Capone ist ein Gauner und gilt als Erfinder des organisierten Verbrechens im Meer. Aufgrund seiner verschlagenen Glipschigkeit gelang es ihm schon als Jungaal, Schutzgelder von Bärschen, Hechten und Haien zu erpressen. Später betrieb er Wettbüros (Wattbüros) im nördlichen Atlantik. Aufgrund einer schweren Aallergie gegen Talerfische zog er sich 1991 aus allen Hochseegewässern zurück. Er schreibt heute Krimis.

Ährenfisch – Ährenfische wachsen auf Getreidefeldern Mittel- und Südeuropas. Man erntet sie in mühevoller Handarbeit und legt sie zum Trocknen in die Sonne. Gemahlen werden sie zu Fischkuchen verarbeitet, der allerdings scheußlich schmeckt.

Albinofisch – Albinismus ist eine durch Fehlen der Pigmente ganze oder teilweise Entfärbung des Körpers, die vererbbar ist. Der Albinofisch leidet unter einer besonders schweren Form des Albinismus, die dazu führt, dass man ihn dauernd übersieht.

Arbeitskreis

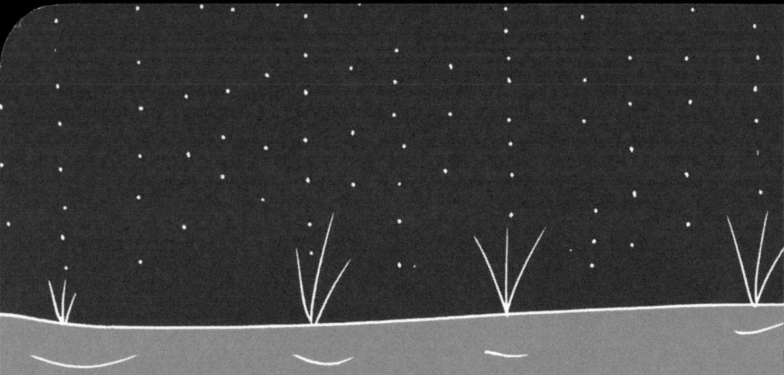

An den Wesslinger See

Still und blank, so ruhte er
zwischen Weiden, Steg und Kies.
Leise rauscht' Berufsverkehr,
Badehäuser standen schief.

Da, ein Stern im Spiegelglatt,
traf ein Tropfen Regen ein.
Und mit hunderttausend Watt
fielen auch die andern rein.

Millionen Perlen, zart und kühl,
sprenkelten den See, doch schaut:
Was von oben ein Idyll
war dem Karpfen viel zu laut.

Tief und tiefer sank er hin,
suchte Stille, fand nur Krach,
und er flucht' mit stummer Stimm:
»Mei, geht oam der Herbst aufs Dach.«

Babelfische

Warum heißt der Heilbutt Scholle
und die Scholle manchmal Butt?
Wer nennt Dorsche – sind sie dolle –
einfach Kabeljau – und gut?

Warum ist der Kleist ein Buttfisch?
Und der Seehase ein Lumb?
Warum heißt auf bodenseeisch
Renke Felchen – ohne Grund?

Warum ist der Hechtbarsch Zander,
weder Barsch noch wahrer Hecht?
Ach, man kommt ganz durcheinander
mit dem Namen und Geschlecht.

Äsche, Egli, Huchen, Schill,
Pigge, Alse, Blecke, Krill,
Laube, Lotte, Waller, Schlei –
ist jedoch ganz einerlei.

Kann er unter Wasser atmen?
Taucht er ab und wieder auf?
Musst den Namen gar nicht raten
Ruf' ihn Fisch, da hört er drauf!

Barfische

beißender
Ananasfisch

harpunierter
Martiniolivenfisch

Beilbauch – Der Beilbauch wird im tropischen Südamerika (Guayana bis Mittelbrasilien) nach dem Erreichen der Geschlechtsreife mit Netzen aus Leichtmetall im Schlafe gefangen und getrocknet zum Hacken, Schneiden und Zerteilen von Tropenholz verwendet. In Aquarien liebt er hell stehende Flächen. Er ist sehr lebhaft und friert schnell. (Das Becken gut verschließen. Er neigt zu spontanen Sprüngen, für die er keinen besonderen Grund braucht.)

Beistellfisch – Der Beistellfisch ist ein Landfisch, den man anlehnend an harten Oberflächen in windgeschützten Gegenden findet. Da er unter Wasser Gleichgewichtsprobleme bekommt, ist ein Auftreten seiner Spezies in Flüssen, Teichen und Meeren selten. Der Beistellfisch lehnt sich am liebsten an Polstermöbel, wie etwa Sofas und Sessel, manche tragen dabei sogar Gegenstände. Wenn er sich bewegt, wird ihm schlecht.

Beulenfisch – Der Beulenfisch ist ein Schwarmfisch und findet sich im Süß- wie auch im Salzwasser zurecht. 1875 entdeckten britische Forscher Beulenfische nahezu zeitgleich in der Themse und im Amazonas. Schon als Jungtiere besitzen diese Fische ausgeprägte Beulen, mit denen sie sich vor Zusammenstößen schützen, da sie oft und völlig grundlos im Schwarm die Schwimmrichtung wechseln.

Bierfisch – Der Bierfisch schwimmt in Schubladen- und Tresengewässern. Er besitzt eine äußerst stabile Schwanzflosse, mit der er auch Kronkorken mühelos aushebeln kann. Er bevorzugt jedoch Gezapftes.

Blattfisch – Der gemeine Blattfisch ist ein Landfisch, der auf allen Kontinenten heimisch ist. Er wächst an Bäumen, ernährt sich von Sonnenlicht und verträgt alles außer sauren Regen. Er ist resistent gegen Blattläuse und verfärbt sich im Herbst so, wie man ihn eben anmalt.

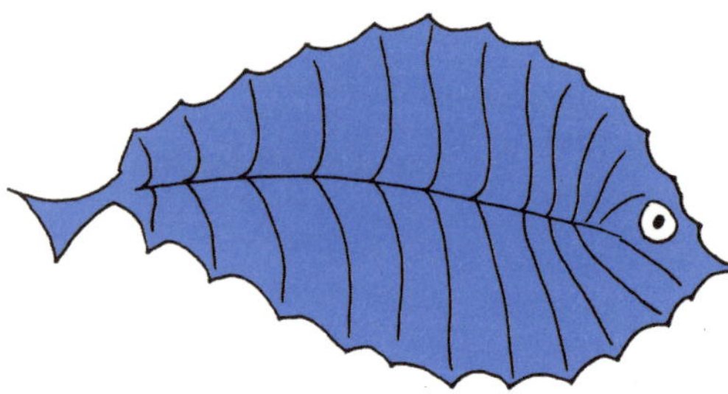

nordamerikanisches Buchenweibchen

gemeiner Efeufisch
gewöhnlicher Buchenfürst
Erlerich
Birkenblattfisch
Pappelblattfisch
Eschenblattfische
(am Strang)
Eichelräuber

Blaue Küsse

Sie war blau wie ein Karpfen, als sie diesen Typen küsste.

Und dann hat sie geschlafen. Wo? Ach, wennse das noch wüsste.

Buckelkopf – Buckelköpfe gehören zur Familie der Fettschädel und tragen die Liebe für ihre Jungen in einem Fettklops auf dem Kopf, damit sie immer schnell rankommen.

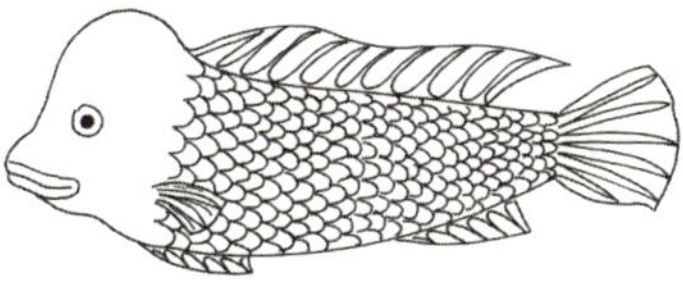

DIGITAAL – Digitaale sind stromabwärts schwimmende Wanderfische, die ihre Jugend im Internet verbringen und zum Ablaichen ins Meer wandern. Sie sind oft Träger von Viren und speichern in ihrer drüsenreichen Schleimhaut Sonderangebote oder sinnlosen Packmüll (ugs. SPAM). Vorsicht beim Ausnehmen und Zubereiten. Digitaalblut ist ätzend. Gerät es in offene Wunden, kann es zu Abstürzen und Datenlähmung führen. Am sichersten bewahrt man Digitaale zu Hause hinter einer Firewall auf.

Digitalfische (im Netz)

Doppelkopf – Seit dem Kreidezeitalter ausgestorben. Angeblich im Jahr 1988 in den Kanalisationen von Tschernobyl gesichtet. Nachweis jedoch strittig. Naturwissenschaftler führen die Doppelköpfigkeit dieses Fisches auf eine tief sitzende Unentschlossenheit zurück – der Doppelkopf will stets in entgegengesetzte Richtungen schwimmen.

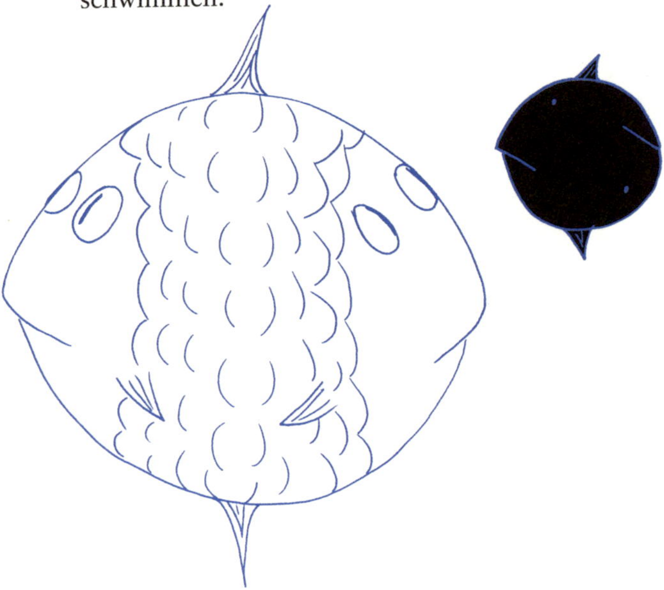

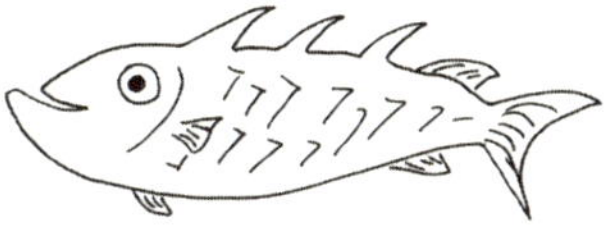

Dreistachliger Stichling – Dreistachlige Stichlinge haben drei Stacheln auf dem Buckel, daher der einfallslose Name, der dem Fisch überhaupt nicht gerecht wird. Die Männchen bauen kunstvolle Nester und verteidigen sie gegen Eindringlinge. Dann locken sie die Weibchen (oft mehrere nacheinander) hinein und verführen sie durch intensives Kitzeln zum Ablaichen. Der dreistachlige Stichling ist auch ein gewiefter Räuber mit großem Appetit auf Kleinkrebse und Teenagerlarven.

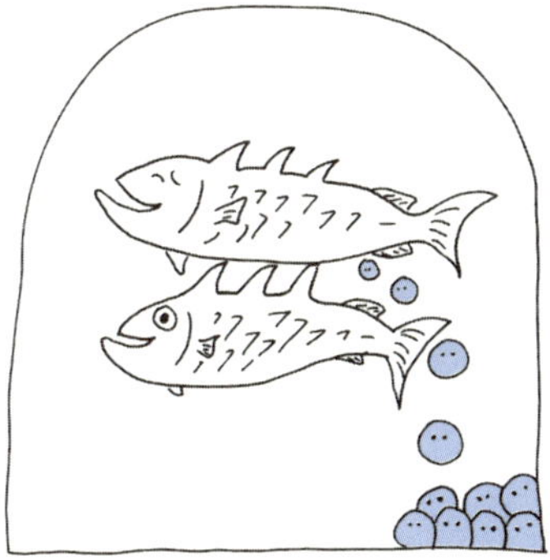

(im Nest des dreistachligen Stichlings)

Elefantenrüsselfisch (Stromsparspezies)

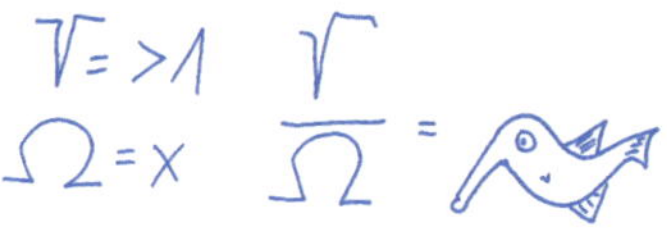

Das elektrische Feld des Mormyriden (Elefantenrüsselfisch) bleibt stets seiner individuellen Amperezahl treu. Bei einem variablen Wasserwiderstand und einer Spannung von unter einem Volt liegt seine Stromstärke bei  A.

ELEFANTENRÜSSELFISCH – Elefantenrüsselfische (auch Mormyriden) produzieren Elektrizität in individuellen Wellenlängen. Sie paaren sich ausschließlich mit Artgenossen gleicher Schwingung. Da sind sie wie die Menschen.

Etzqualle

Oh, wie sie tanzt und wie sie schaut,
wie elegant sie um sich haut.
Na, lass uns lieber Abstand halten,
Kuscheln läuft nicht mit der Alten.
Was, du hast dich grad verschossen
über beide Rückenflossen?
Sag mal, bist du nicht ganz dicht?
Die ist giftig, und die sticht!
Wie? Da kann sie gar nix für
das arme Würfelquallentier?
Ach so, die Augen und der Mund
beide traurig, beide rund
einsam isse auch, ja meinste?
Unsinn. Hinterher, da weinste
Nein! Halt! Vorsicht!
Ist der schlicht!
Ich sage noch:
Umarmse nicht!

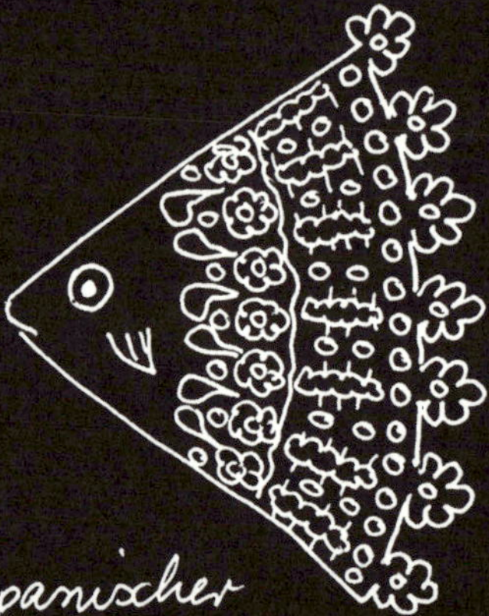

spanischer Fächerfisch

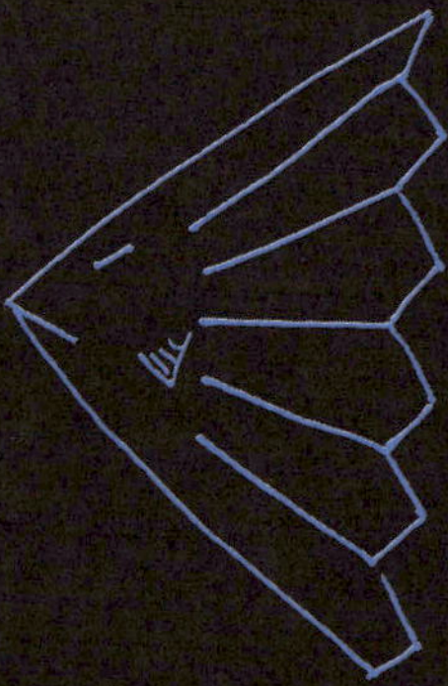

japanischer Fächerfisch

indischer Pfauenfächerfisch

Fächerfische – Fächerfische sind filigrane Raubfische mit einem feinen Nervensystem. Bereits bei winzigsten Temperaturschwankungen schnappen sie ein. Sie lieben die Hitze, können an Land atmen und wurden schon um 200 v. Chr. in China zur Zeit der Qin Dynastie als Luftwirbler benutzt.

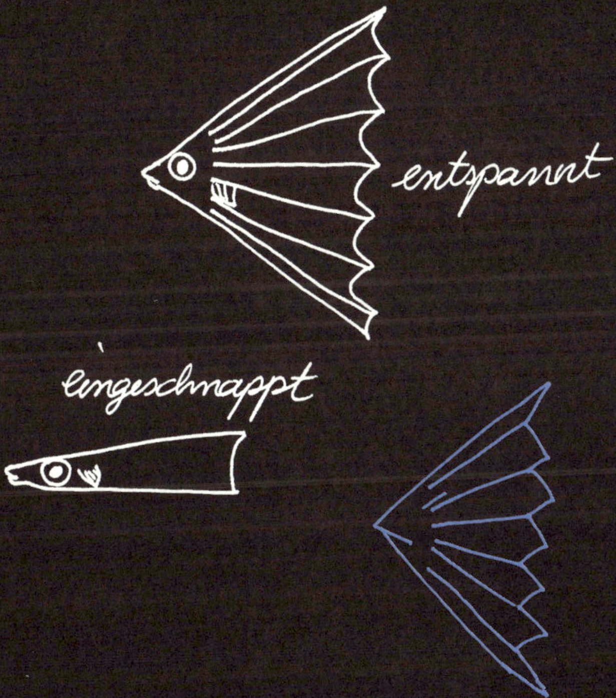

Fischbesteck

Es traf im Meer der Löffelstör
den Schnepfenmesserfisch.
Ein Gabelbart kam hinterher –
jetzt decken sie den Tisch.

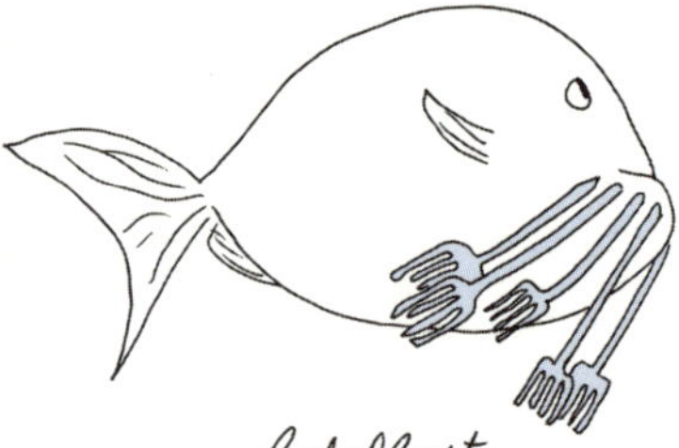

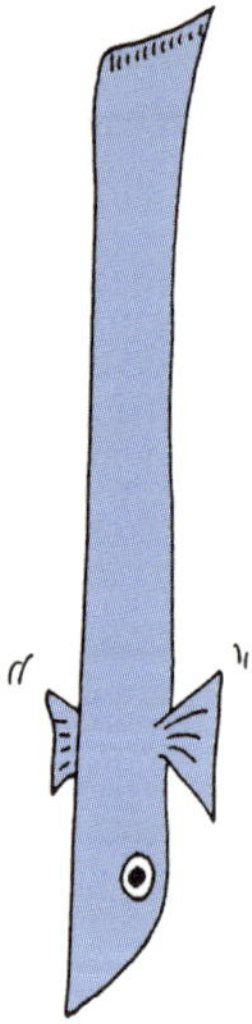

ForElle

Berühmtes Klavierstück von Beethoven (französich)

Der Fischfriseur

Jeden Samstag, kurz vor sieben
fiel ihm das Erheben schwer.
Liegen wär er gern geblieben,
weil: Er war der Fischfriseur.

Schon um achte schwebten Kunden
dicht gedrängt vor dem Salon:
»Ho, wir warten schon seit Stunden!«
Leidend rief er: »Komme schon!«

Seidenweiche Schleierschwänze
waschen, legen, onduliern,
Bartel bis zur Kinnhaargrenze
und dabei das Heck massiern.

Blonde Flossen? Rote Rillen?
Darfs noch etwas kürzer sein?
Und, mein Herr, um Himmels willen
schaltense den Föhn nicht ein!

Neonstreifen? Nicht am Bauch!
Dauerwellen? Dauern heute!
Haarspray? Aber nur ein Hauch!
Und dann kamen noch zwei Bräute.

Keine Zeit für keinen Fischkopp,
alle eilen, keiner schweigt.
Trotzdem – jeder Putz ist tipptopp,
wenn sich Samstagabend neigt.

Endlich hat der Fischfriseur
seine Ruhe im Salon.
Müde sinkt er ab ins Meer,
legt sich auf die Chaiselongue.

Kleine Schuppenkunde

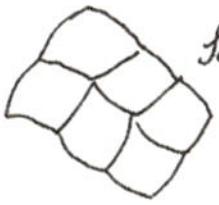

Schmelzschuppen

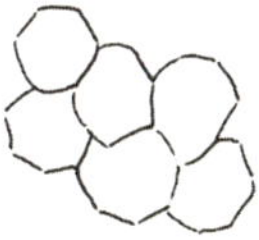

Rundschuppen

Geräteschuppen

Kammschuppen

Schuppenloser

Fischmop – Fischmops formieren sich spontan, sobald alte Besen in stehende Gewässer mit einer Artenvielfalt an Schwarmfischen fallen. Es gibt daher Herings-, Makrelen- sowie Stichlingsfischmops, aber auch Marlinfischmops sollen bereits gesehen worden sein. Zunächst hielt man sie für zufällige Erscheinungen, mit der zunehmenden Verschmutzung der Weltmeere nimmt ihre Zahl jedoch rasant zu.

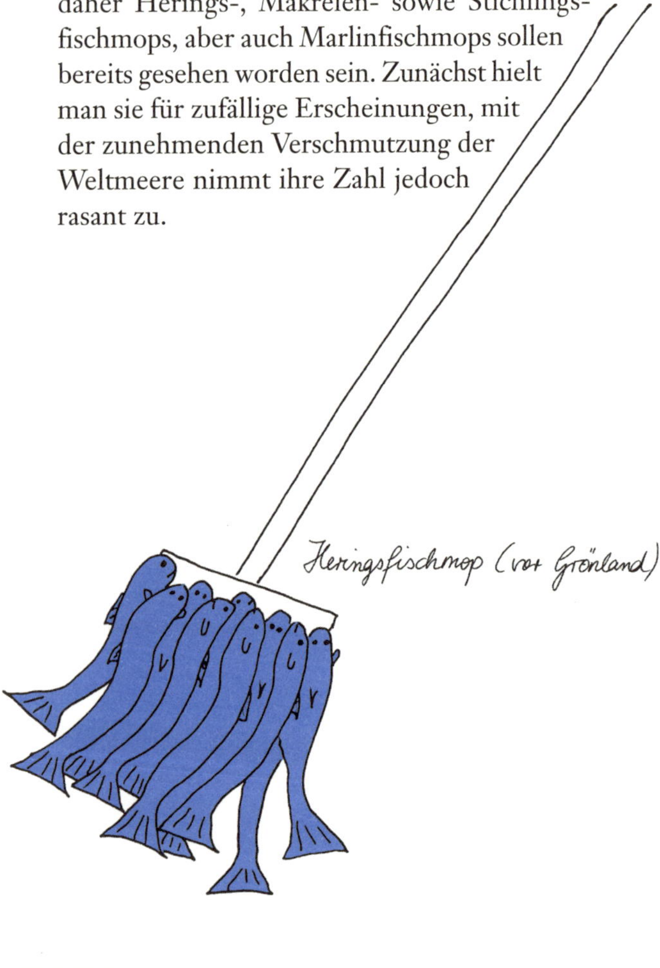

For Cods Sake

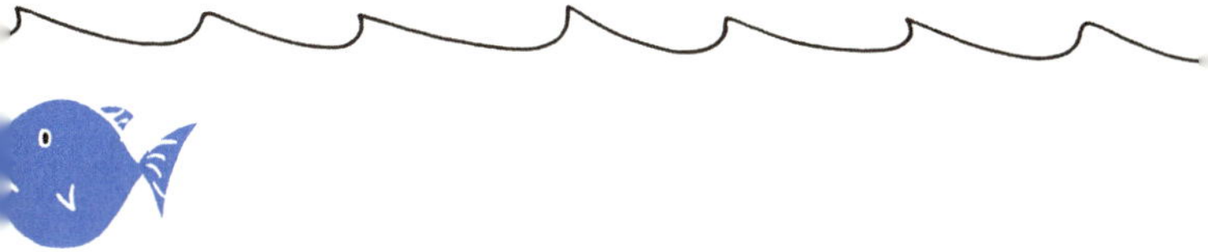

Fotografische – Heißen überall auf der Welt anders. In Japan kennt man sie als Canon-, in Schweden als Hasselblad- und in Deutschland als Leica-Fische. Sie sind stark unterbelichtet und schwimmen dauernd irgendwo gegen.

Frauennerfling – Der Frauennerfling ist ein Süßwasserfisch. Er redet ununterbrochen und am liebsten über sich. Er ist ein Angeber, hängt an Wochenenden oft in Fischbars ab und besitzt ein endständiges Maul.

Fussball-Liebe

Im Fußball ist es so wie in der Liebe. Wenn das Spiel in der Defensive bleibt, entscheidet am Ende irgendein blöder Zufallstreffer.

GEWICHTSPROBLEME

Glasbarsch – Glasbärsche sind hochrückige Fische mit einer hohen Stirn. Sie leben in Ostaustralien, wo man sie in Bier- und Weingläsern findet, Jungtiere gelegentlich auch in Schnapsgläsern. Sie mögen kein Licht, vertragen Unmengen an Alkohol und sind als Nahrung wertlos.

Glipschfisch

Wenn man ihn ruft, ist er grad taub,
wenn man ihn braucht, auf Kurzurlaub.
Wenn man ihn ansieht, lächelt er,
soll er bezahlen, schwächelt er.
Will man ihn fassen, zieht er blank,
will man ihn hassen, wird er krank.
Er ist – kurzum – ein Fisch mit Stil,
mit sagenhaftem Taktgefühl,
glatt wie ein Aal in jeder Welle
ist der Fisch für alle Fälle.

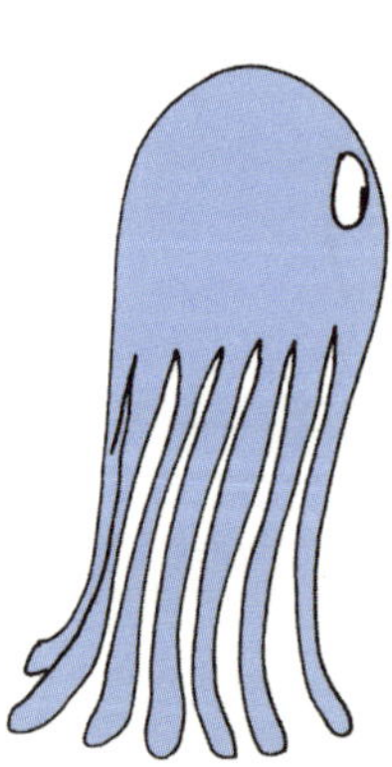

Glotzauge – Glotzaugen sind Fische, die unter der sogenannten Glotzäugigkeit leiden. Dabei kommt es vor allem in Aquarien zum monströsen Anschwellen der Bindehaut und einer Verformung der Augen. Sobald man aufhört, Glotzaugen anzustarren, geht die Schwellung zurück.

Goldfischtränen

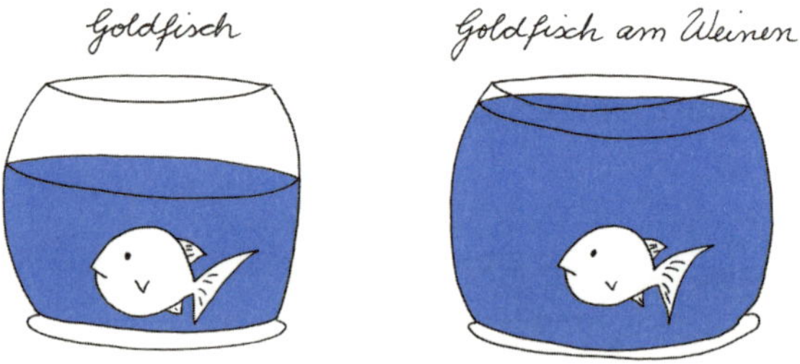

Grafisch – Der Grafisch ist ein hochrückiger Zierfisch und lebt pelagisch am Grund von Zeichenetuis. Er ernährt sich von Unebenheiten auf Flächen und ist wahnsinnig schlecht in Mathe.

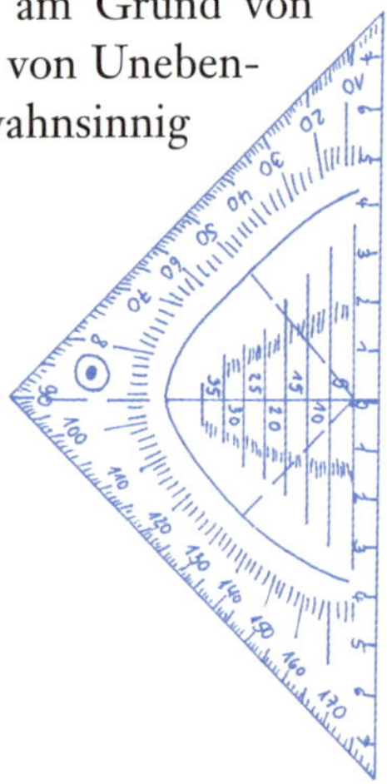

Guppy – Lebendgebärende Zahnkarpfen, die dem einen Freude schenken, dem anderen aber furchtbar auf den Keks gehen, weil sie sich so schnell vermehren. Forscher aus Uppsala fanden im Jahr 2012 heraus: Je schlauer der Guppy, umso müder sein Sextrieb.

Küssende Guramis

Wenn Guramis nass sich küssen,
andre Fische was vermissen.

Haare Fishna – Religiöser Schwarm, der im Kratersee des Vulkans Mazama gegründet wurde und nun in den seichten Gewässern des US Bundesstaats Oregon lebt. Haare-Fishna-Anhänger benutzen ihre ungewöhnlich langen Haare zum Steuern und als Kommunikationsmittel. Sie haben rote Schuppen, die im Alter ins Orange ausbleichen. Sie ernähren sich von Plankton, Hirse und singen gern.

Der flotte Hai

Was jeder weiß, weil er es kennt,
wenn er frühmorgens mal verpennt,
widerfuhr dem flotten Hai
neulich mittags kurz nach zwei.

Längst warn seine Haikollegen
auf der Jagd, was zu erlegen,
und er raste hinterher
mit Karacho durch das Meer.

Doch wo immer er auch ankam,
war die Beute längst vom Teller.
Und verstimmt der Hai dann annahm:
Ich bin schnell, die Zeit ist schneller.

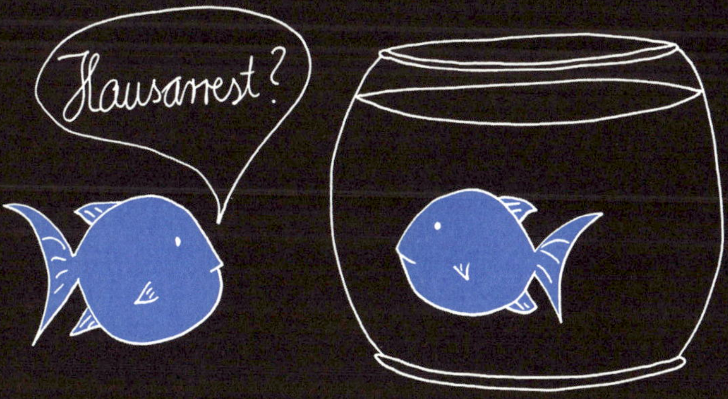
Hausarrest?

Der Hecht

Inmitten eines Hochseetiefs
die Heringe der Mut verließ;
allein ein Fisch die Stellung hielt:
Der Hecht, er hatte recht.

Und als ein Kutter Netze warf,
die Schwärme das Gehetze traf,
gabs einen, der nach links abzielt:
Der Hecht, er hatte recht.

Im Herbst wurde das Futter rar,
manch einer kam dem Hunger nah.
Wer hatte keinen Appetit?
Der Hecht, ihm war so schlecht.

Die Celsiusse sanken bald,
kein Fisch verübte mehr Gewalt.
Nur einer schimpfte aus Prinzip:
Der Hecht pocht auf sein Recht.

Doch als das Eis die Ostsee brach
und Sonnenschein das Wasser stach,
man weit im Meer von Liebe träumt.
Der Hecht zitierte Brecht.

Wie alle miteinander laichten,
lustvoll den Zenit erreichten,
da war der Fisch dem Fisch ein Freund.
Dem Hecht war das nicht recht.

Bald kam das nächste Hochseetief,
und wieder lief der Seegang schief.
diesmal kein Fisch die Stellung hielt.
Der Hecht war echt geschwächt.

HERINGSKÖNIG

Der Heringskönig in Gedanken,

wohin die Untertanen sanken?

Im Wal

Ob die Erde eine Scheibe,
ob die Mama dich geliebt,
ob die Zeit hat eine Bleibe,
ob es schwarze Löcher gibt –

ob der Mensch stammt ab vom Affen,
obs das Huhn gab vor dem Ei,
wer die Schwerkraft hat erschaffen,
ist in Wahrheit einerlei.

Denn das ganze Universum
wohnt im Bauch von einem Wal.
Daher lasst die Wale leben –
sonst wars unser letztes Ma(h)l.

In See stechen

Der Jadefisch

Aus Langfang kam der Jadefisch
grün meliert und lila
und thront nun überm Mittagstisch
im Lokal »Shangri-La«.

Unbeweglich, elegant
ist er ewiger Garant
für den Wohlstand und das Glück
in dem China-Restaurant.

Huhn süß-sauer, Ente kross,
Frühlingsrolle, Bambus-Spross,
Nasi Goreng, Reis mit Ei,
jeden Tag bis kurz vor drei.

Doch ihm tut der Hunger weh,
steht er oben am Buffet,
sieht er täglich Speis um Speise –
Jadefische leiden leise.

Kalligrafisch

Kartoffelkarpfen – Lebt normalerweise in etwa fünf Metern Tiefe in Korallenriffen an der Ostküste Australiens. Kann bis zu drei Meter lang werden. In Erde ist er resistent gegen Kartoffelkrebse, aber anfällig für Langeweile und spontanes Rumbrüten. Schmeckt erdig. Keimt gern.

Kartoffelkarpfen „Sieglinde'
(in Gefangenschaft, norddeutscher Moorboden)

Kartografisch

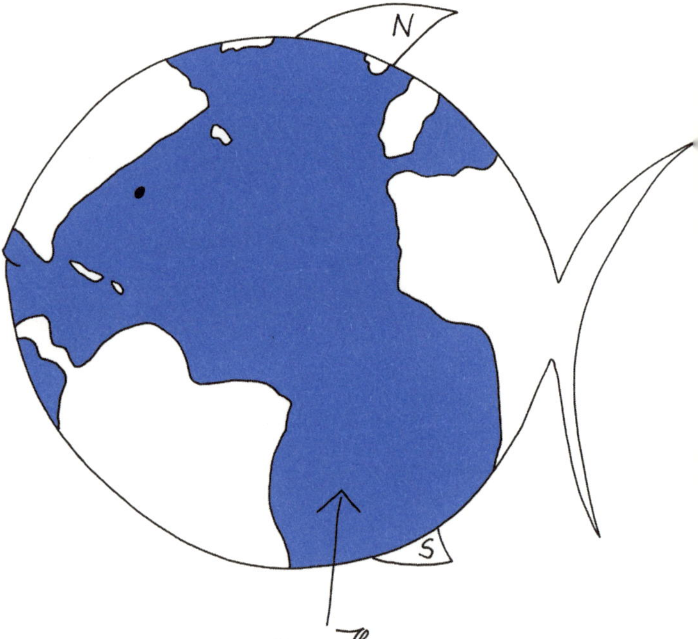

Kleist – auch Glattbutt. Einzelgänger. Dichterfisch. Lebt in den Uferregionen des Kleinen Wannsees. Gehört zur Familie der Plattfische und trägt im Erwachsenenalter beide Augen auf einer Seite. Dummerweise ist er dadurch für die heiteren Seiten des Lebens oft blind. Ihm ist auf Erden schlecht zu helfen.

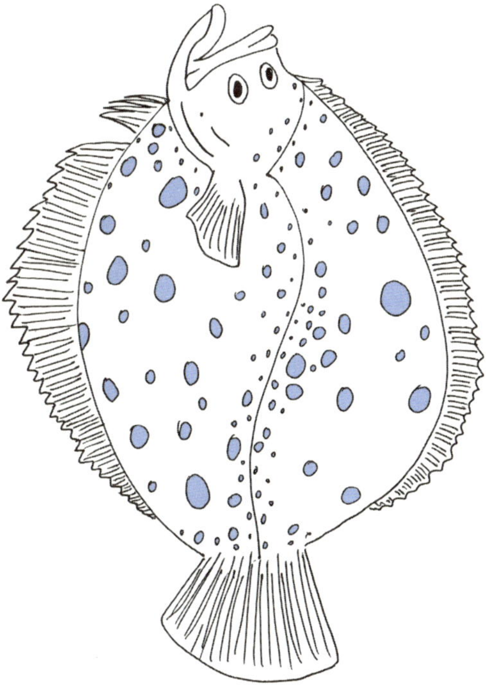

KLETTERFISCHE – Kletterfische sind Tropenfische und besitzen ein Atemlabyrinth, das sie benutzen, weil ihre Kiemen auch sonst nicht viel taugen. Sie klettern gerne Leitern (oder Lianen) empor, füllen dabei das Labyrinth mit Sauerstoff und lassen sich wieder ins Wasser plumpsen. Pro Klettertour erwirtschaften sie einen Sauerstoffvorrat von zwei Stunden. Nicht schwindelfreie Kletterfische bevorzugen Luftmatratzen in seichten Gewässern.

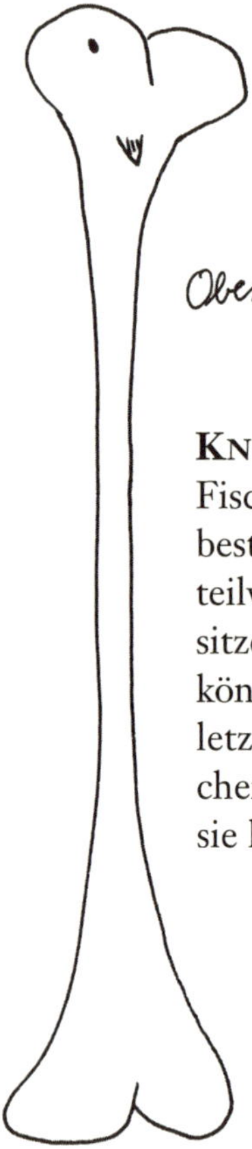

Oberschenkelknochenfisch

Knochenfisch – Knochenfische sind Fische, deren Skelett nicht aus Knorpeln besteht, sondern aufgrund ihres Starrsinns teilweise oder ganz verknöchert ist. Sie besitzen einen spindelförmigen Körper und können mit ihrem Kopf Tauchern üble Verletzungen zufügen. Als Material für Knochentransplantationen am Menschen sind sie leider unbrauchbar.

Knochenfischfahne

Kleiner Knochenfisch

KÜMMERLING – Ein Kümmerling ist ein zu klein, zu mager, zu mickrig geratenes Fischjunges, das sein Leben als Loser auf der Standspur beginnen muss. Um Kümmerlinge sollte man sich besonders kümmern, sonst verkümmern sie.

KOFFERFISCH – Bis Anfang des neunzehnten Jahrhunderts gehörten die Kofferfische zur Familie der Kugelfische, doch sie wurden eckig und überwarfen sich mit ihren Cousins. Seitdem siedeln Kofferfische in allen Weltmeeren, stets sind sie auf Reisen und tragen je nach Lebensalter unterschiedlich viel Gepäck. Wenn man sie schubst, stapelt oder herumwirft, stoßen sie knarrende Laute aus und vergiften ihre Umgebung.

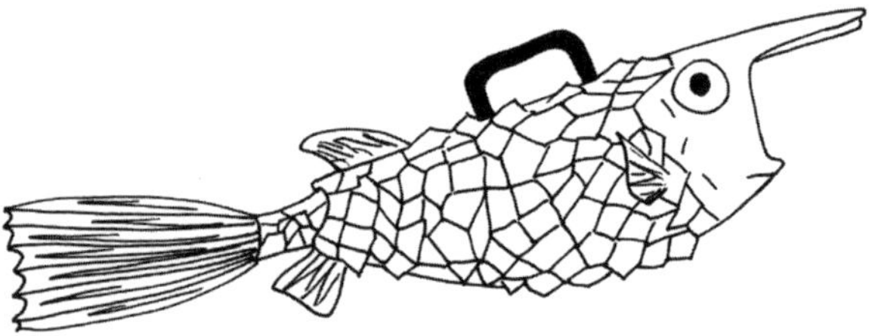

skalierte Kofferclutch

Kopfsteher – Salmler, die grundsätzlich mit dem Kopf nach unten schwimmen. Anders als Tür- und Schrägsteher (Beistellfischverwandte) können sie nicht anders, denn für sie ist Oben tatsächlich Unten. Die meisten Kopfsteher werden nicht länger als 15 Zentimeter, schwimmen leidenschaftlich gern, und sind dabei auch chronische Rechts-Linksverwechsler.

Wisst Ihr, wenn man traurig ist
und nur noch im Trüben fischt,
wenn die See so schwer wie Eisen
und das Wetter ohne Licht,
kann es sich abrupt erweisen:
Manchmal hilft ein Fischgedicht.

Liebeshummer

Lied der Gräte

Sie ist fragil,
so diffizil
und elegant geschwungen.

Sie glänzt so fein
und ist zwar klein,
doch optisch gut gelungen.

Warum nur kann
nicht jedermann
sich gut mit ihr vertragen?

Sie stichelt sehr
und stellt sich quer –
auf ihrem Weg zum Magen.

Moderlieschen – Das Moderlieschen ist ein Kleingeist und Engstirner. Es hat nicht viel Platz für sein Gehirn und große Augen, mit denen es aber kaum den Schlamm durchblickt, in dem es haust. Früher glaubte man, dass sich Moderlieschen quasi aus dem Nichts selbst erschaffen, daher der ursprüngliche Name »Mutterloseken«. Zu Unrecht. Sie legen Eier und verhalten sich auch als Eltern bürgerlich.

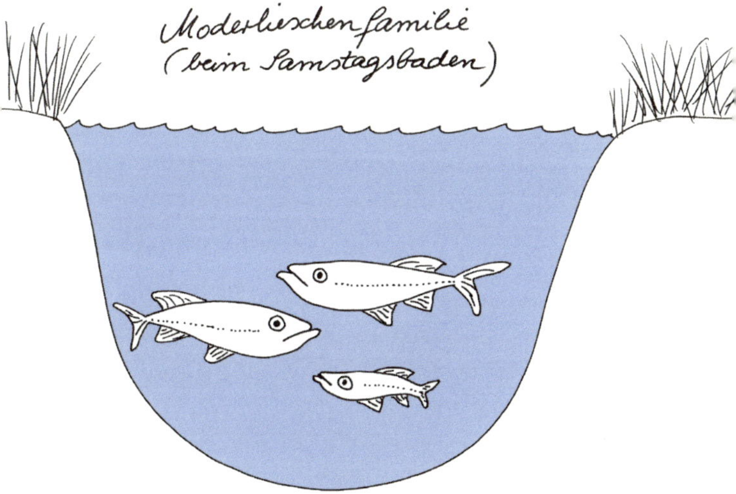

Fisch mit Migrationshintergrund

Mütze, die Makrele

Mütze, die Makrele
war total entspannt,
die Farbe seiner Seele
so weiß wie eine Wand.
Nix, das ihn empörte,
den Frieden in ihm störte.
Kein Sturm, der ihn umstürmte,
kein Fisch, der ihn erzürnte.
Denn um sich zu beschützen,
trug er mit Leidenschaft
Elbsegler, Hüte, Mützen
aus Federn, Leinen, Taft.
Noch heute lebt er friedlich
auf seine alten Tage.
Er döst so ganz gemütlich
auf einer Hutablage.

Guter Mondfisch

Guter Mondfisch, gehst so stille
durch die Abendwolken hin.
Bist so ruhig, und ich fühle,
dass ich ohne Ruhe bin.
Traurig folgen meine Blicke
deiner stillen, heitren Bahn.
O wie hart ist mein Geschicke,
dass ich dir nicht folgen kann.

ins Netz gegangen

Neunauge – Als man das Neunauge entdeckte, zeigte es sich nur von der Seite, weswegen die Leute dachten, die sieben Kiemen und die Nasenöffnung seien Augen. In Wahrheit hat es aber nur eins, und das ist rudimentär, also ein bisschen verkümmert. Neunaugen beißen sich dauernd mit ihrem runden Maul an anderen Fischen fest und saugen deren Muskelfleisch, was nicht nett ist. Möglicherweise tun sie das aber aus reiner Verzweiflung. Neunaugen besitzen keine Schuppen und haben ein unstillbares Bedürfnis nach Nähe.

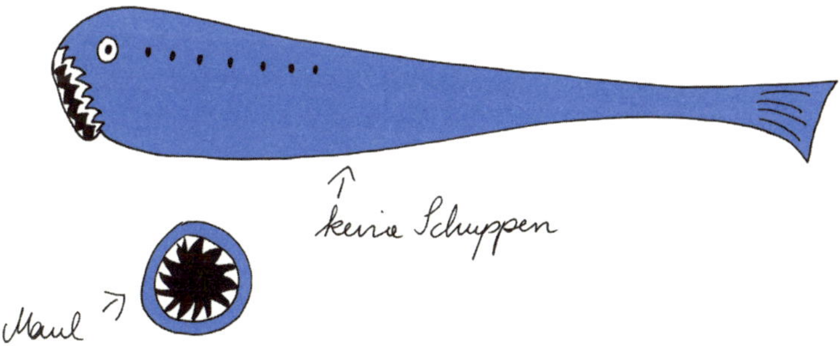

OHRENBARSCH – Ohrenbärsche gehören zur Familie der Sonnenbärsche, haben aber weder eine einheitliche Klassifikation noch feste Wohnorte. Der Einfachheit halber unterscheidet man sie anhand ihrer Ohrengröße (Groß-, Klein- und Keinohrenbärsche). Ohrenbärsche hören besser als Fledermäuse und sind sehr neugierig.

Petermännchen

Das Petermännchen sitzt im Sand,

so wird es nämlich nicht erkannt.

Nur wenn es miese Laune kriegt,

es Dich mit spitzen Stacheln piekt.

Philosofisch

Der traurige Piranya

Es lag an seinen Zähnen,
das war ihm längst gewiss.

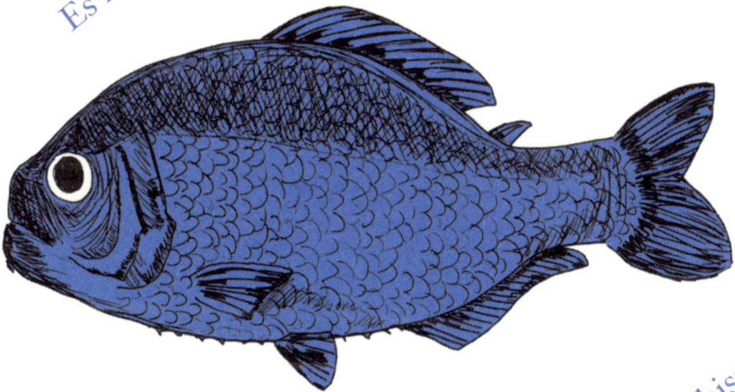

Ihm kamen stets die Tränen,
wenn er zu fest biss.

Popmusik-Fische

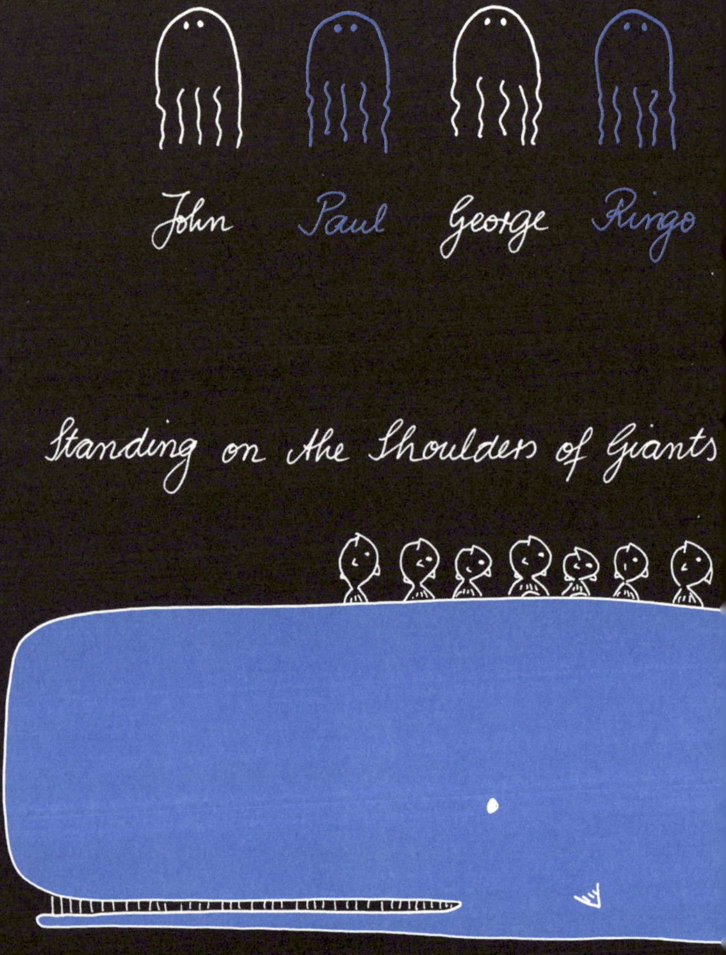

Jailhouse Cod

Highway to Shell

PUTZGARNELEN

Es warn einmal zehn Putzgarnelen
in dem Maul des Hais.
Die durften keinen Schmutz verfehlen
und putzten stets im Kreis.

Kein Mindestlohn, kein Schutzhelm,
kein Krankengeldtarif.
Nur Zahnstein an den Wurzeln
und dauernd dieser Mief.

Auf einmal biss er zu, der Hai,
da warens nur noch acht.
Eine ging im Schlund entzwei,
hat sieben draus gemacht.

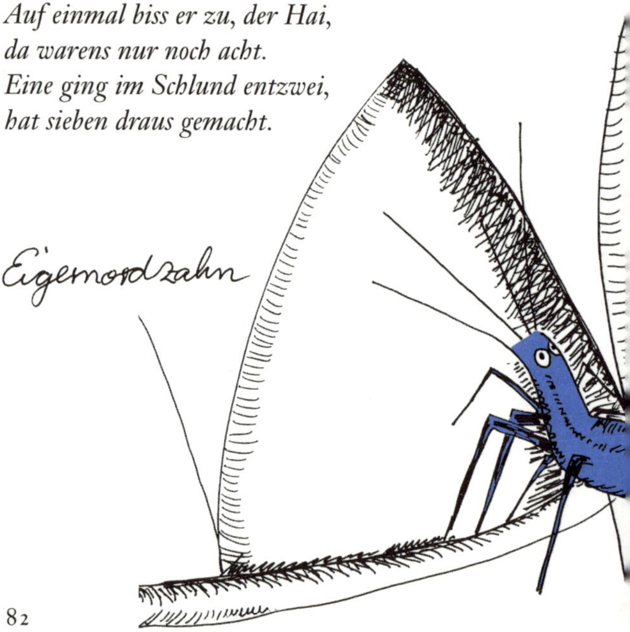

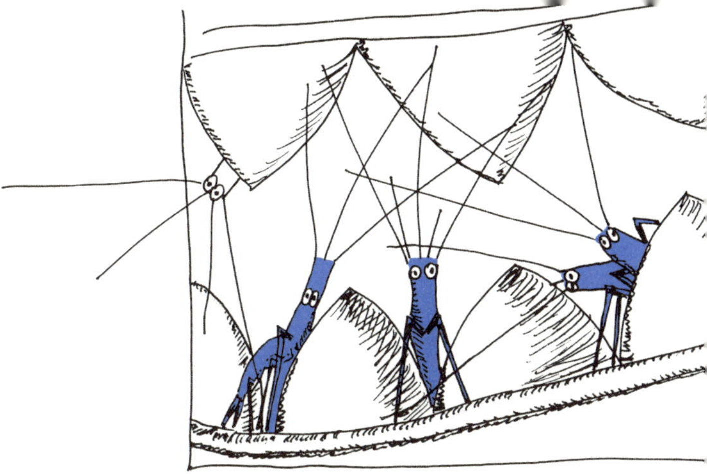

Eine Truppe Putzgarnelen
südlicher Pazifik, Maul unbekannt

Die putzten um ihr Leben:
Schnell weg, nur weg von hier!
Dann gabs ein Meeresbeben
und – logisch – nur noch vier.

Und wegen diesem bösen Schwund
in der Garnelenszene
sind Putzgarnelen selten und
ham Haie schlechte Zähne.

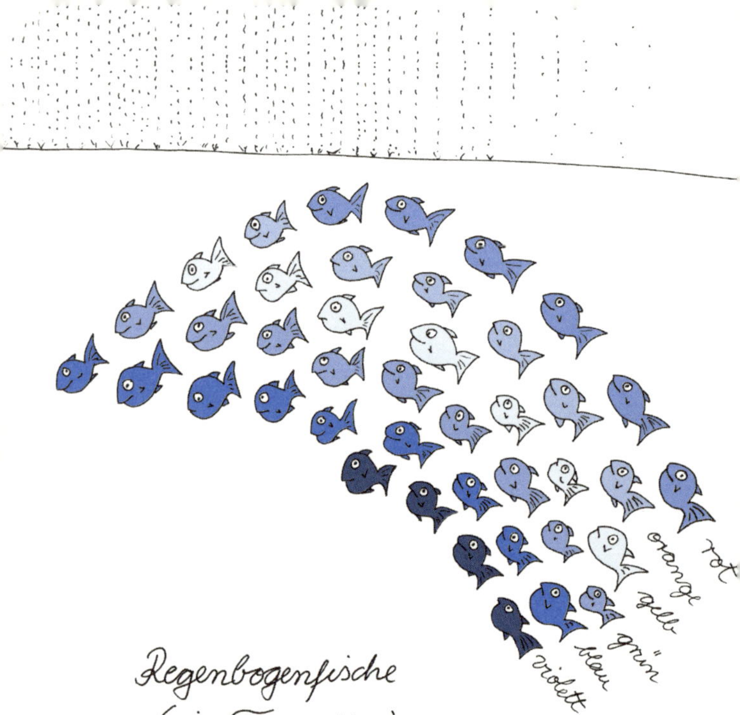

Regenbogenfische
(in Formation)

Rückenschwimmender Kongowels – Der rückenschwimmende Kongowels gehört zur Familie der Fiederbartwelse und lebt in den Uferregionen des Kongo-Regenwaldes. Er ist ein extremer Angsthase und exzessiver Rückenschwimmer, denn er lebt in ständiger Angst, von einem Vogel gefressen zu werden.

Sagt der ...

Die Zingel sagten zu den Brassen:
Ihr sollt im Teich kein Wasser lassen.
Die Brassen riefen: Was ein Stuss!
Und machen nun in einen Fluss.

Sagt der Waller zur Forelle:
Bleib doch mal an einer Stelle.
Die Forelle sagt zum Waller:
Bist du eigentlich ballaballa?

Der Meermönch sagt zum Seebischof:
Kirchensteuer find ich doof.
Der Seebischof davon erschreckte
und türmte dann mit der Kollekte.

Sargassofisch – Der Sargassofisch heißt so, weil er sich gern an seine Lieblingspflanzen, die Sargassoalgen, klammert und sie manchmal auch erklimmt. Dafür hat er Vorderflossen, die Beinen nachempfunden sind, seine Bauchflossen ähneln Händen. Er sieht von der Seite aus wie eine verunglückte Klatschografie in Ocker und Braun und wird deswegen oft gehänselt.

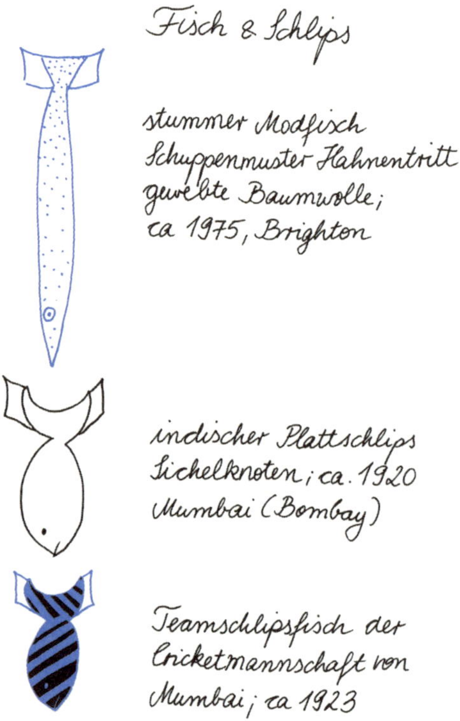

Schlipsfische – Wurden früher ausschließlich als modische Accessoires getragen. Seit dem 19. Jahrhundert aber gelten sie im englischen Königreich auch als Delikatesse. Dort kennt man sie unter dem Namen Fisch & Schlips – oft bis zur Unkenntlichkeit frittiert.

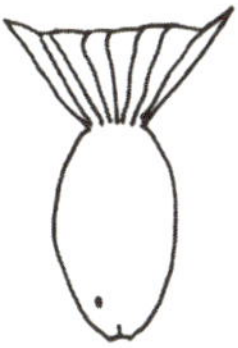

stumpfer Damenschlipsfisch
mit Plisseeflosse, ca 1870, Paris

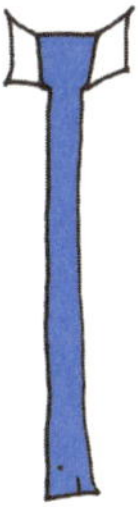

Skaschlipsfisch (secondhand)
Schuppen synthetisch; ca 1981,
London

Smokingfisch (Fischfliege)
Samtschuppen; ca 1972, Köln

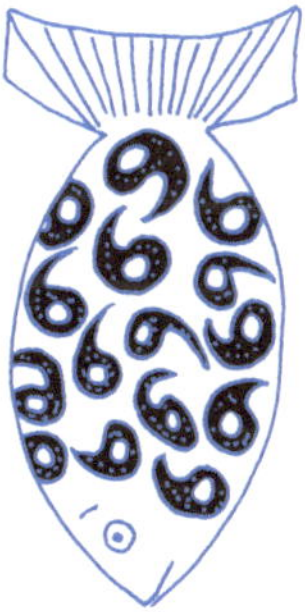

New Yorker Paisleyschlipsfisch
mit plissiertem Windsorknoten;
ca 1912, Conneticut

SCHMUCKSALMLER – Schmucksalmler sammeln Juwelen und Geschmeide. Anders als Nachtsalmler, die Dunkelheit, Fledermäuse und den Mondschein sammeln, sind Schmucksalmler glücklich, wenn die Sonne scheint.

Schuppenlurche – Können schwimmen, bevorzugen aber das Kriechen im Schlamm. Sie werden bis zu anderthalb Metern lang und essen auch mal gerne ein Steak (rare). Tagsüber dümpeln sie in ihren Schlammbuden herum, formen mit dem Mund kleine Lehmkügelchen, mit denen sie ihr Nest dekorieren, aber abends drehen sie auf und molchen wie die Irren durch den Unterboden. Man nennt sie deswegen auch Schuppenmolche.

Schwere See

Es war einmal ein Fisch am Fluchen:
Was hab ich im Meer zu suchen?
Mörderhaie, DDT!
Stürme, Müll und schwere See!
Und er kam bald zu dem Schluss,
besser wärs an Land zu Fuß.
Und er schob und paddelte,
zog sich hoch und krabbelte
durch den Schlick ans trockne Land,
wo er bald die Menschen fand.
Oh, die Luft schien so viel dünner,
doch der Rest, er war wie immer:
Mörder, Haie, DDT,
Stürme, Müll und schwere See.

Sonnenfisch im Schatten
(Key Biscayne)

Spargelfisch – Spargelfische leben im Sandgrund stiller Gewässer und werden etwa dreißig Zentimeter lang. Sie verbergen ihre Schwanzflossen gerne in kleinen Hügeln; bei Gefahr drehen sie sich sofort um und tun holzig.

STEINPICKER – Steinpicker picken, wie es ihr Name sagt, dauernd an Steinen herum, man verwendete sie daher im Bergbau auch als Stollenpicker. Als der Österreicher Stefan Steinpichler um 1850 den ersten Drucklufthammer erfand, wurde die Verwendung von Steinpickern unter Tage eingestellt.

Wie der Chinese Ling einmal zögerte, einen Fisch zu töten.

Stille Post

Flüstern sie? Küssen sie?
Lüstern sie? Müssen sie?
Stubsen sie? Schubsen sie?
Streicheln oder schmeicheln sie?
Was tun sie, wenn sie so am Wandern
hautnah, beinah miteinander
ihre Flossen, Schuppen, Kiemen
haarscharf aneinanderwiegen?
Sie küssen nicht, sie müssen nicht,
sie drücken nicht, sie zücken nicht,
sie kuscheln nicht, sie muscheln nicht,
sie machen auch kein Barschgesicht.
Von Nord bis Süd und West bis Ost –
die Fische spielen stille Post.

Störfall

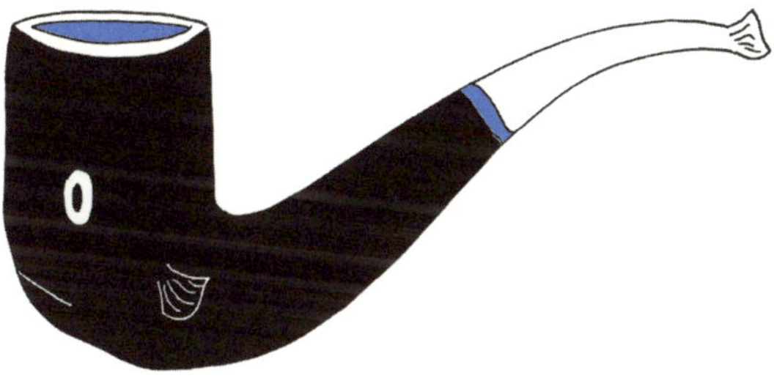

Ceci n'est pas une Tabakspfeifenfisch

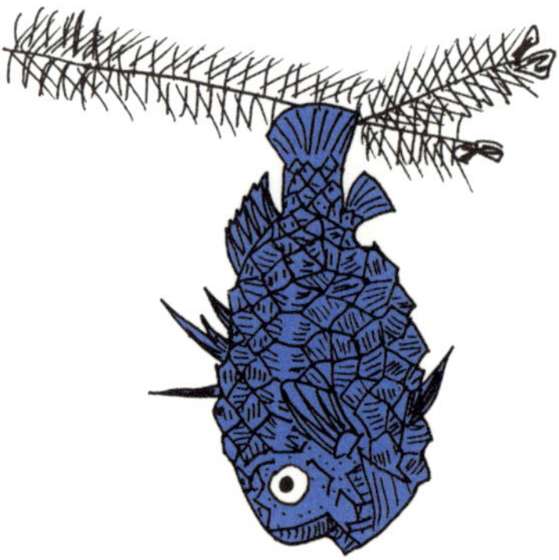

Tannenzapfenfische – Tiefseefische, die ihre Eier in hundertfünfzig Metern Tiefe gern an Fichten- und Blautannenkorallen legen. Die Larven entwickeln um den 24. Dezember starke Leuchtorgane an Kinn und Kiefer. Mit dieser Biolumineszenz haben sie schon vielen Ertrinkenden ein fröhliches Weihnachtsfest beschert.

TAUSENDDOLLARFISCH – Heißt angeblich so, weil die Flecken an seiner Seite wie die Nullen auf einer Dollarnote aussehen. Das ist aber Unsinn. Der Tausenddollarfisch verfügt über eine bewegliche Mimik. Das Tausenddollarlächeln ist seine Erfindung.

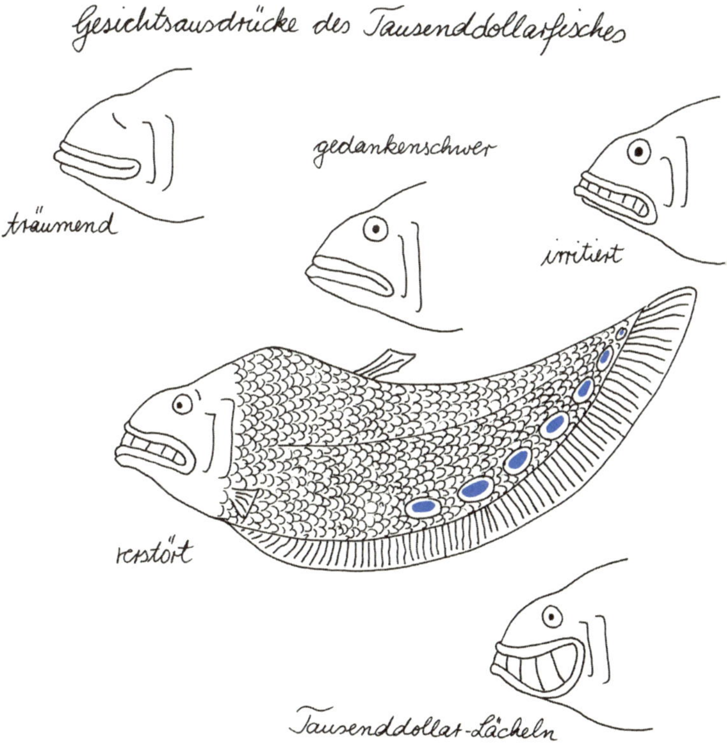

Telegrafisch

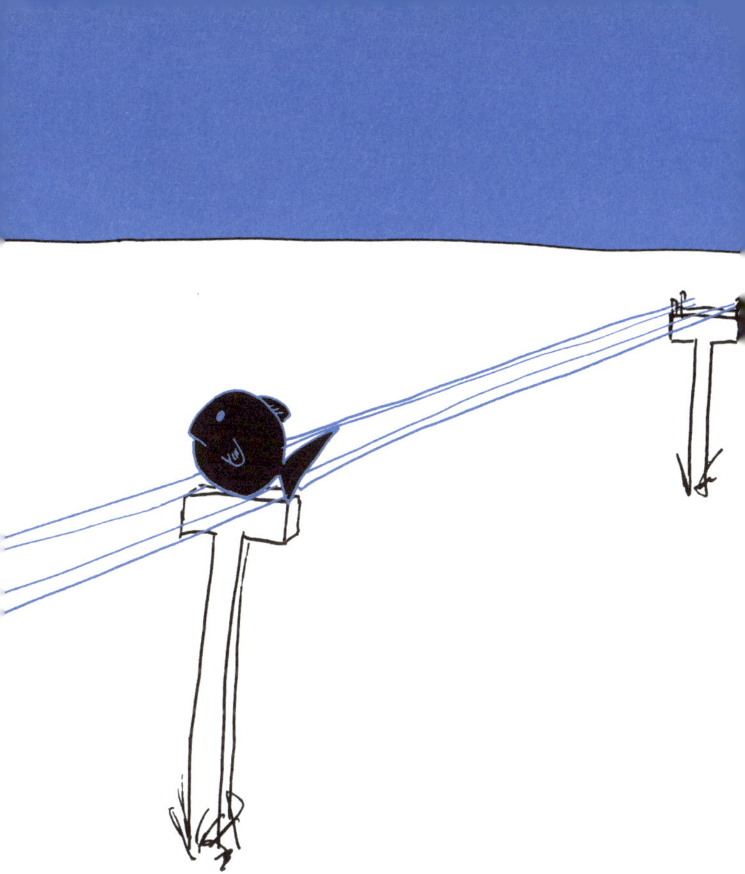

Traurig in Aurich

Ein Felchen hatte Fernweh
nach Urlaub an der Nordsee.
Es wollte Wind und Wattenmeer,
zog von Amrum bis nach Föhr.

Nach einer Woche Helgoland
wars immer noch total verspannt
und schob sich müde bis nach Sylt,
wurd mit Champagner abgefüllt –
nur hatte es kein Geld dabei
und sehnte sich nach Norderney.

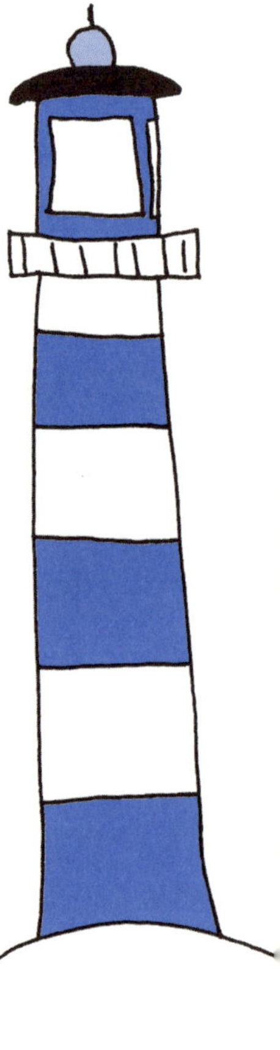

Das Felchen sieht zum ersten
Mal einen Leuchtturm.

Doch schon die nächste Woge
trieb es nach Wangerooge.
Es fand den besten Futtertrog
gleich nebenan auf Langeoog
und trieb es ziemlich wüst
in einem Club auf Juist.

Bald schaute es belämmert
ins letzte Glas auf Memmert,
wattwanderte und fror stumm
im Nieselwind auf Borkum.
Begann sich zu entfremden
und strandete in Emden.

An Land fiel ihm das Gehen schwer,
es humpelte frustriert nach Leer.
Vor Heimweh wurd es traurig
und starb daran – in Aurich.

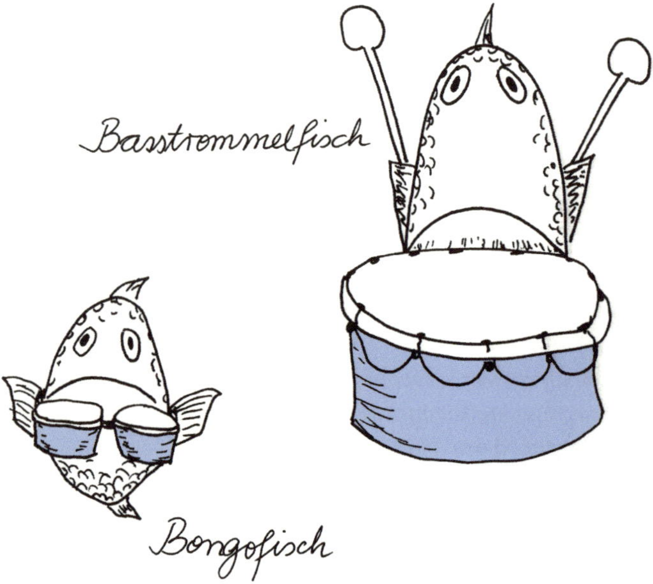

Trommlerfische – Süßwasserfische aus Südamerika, berühmt wegen ihrer lautstarken Umzüge beim Karneval in Rio. Sie werden auch Umberfische genannt, denn sie trommeln am liebsten zur Melodie von »Umber, Umber, Täterä«.

Tüpfelgrundel – Tüpfelgrundeln werden uni geboren und erhalten ihr Muster (sogenannte Tüpfel) durch intensives Nachdenken. Ist ein Einfall besonders eindrucksvoll, macht er sich kreisförmig auf der Haut breit. Tüpfelgrundeln sind anspruchslose Fische und sitzen gern dröge auf Steinen am Grund. Ihre Larven schlüpfen rasant, werden dann aber schnell von ihren Gedanken zu Boden gerissen.

TÜRANGEL

UMBRA – Die seltsame Verbreitung verdanken die Umbra (deutsch: Schatten) ihrem Einsatz als Geheimagenten zu Zeiten des Kalten Krieges in Europa. Sie gehörten zum MI6 und lebten bisher versteckt, weswegen sie auch erst Anfang der Neunzigerjahre entdeckt wurden. Heute findet man sie in den USA, der Ukraine und in Österreich. Sie bewegen beim Schwimmen ihre Brust- und Bauchflossen wie Hundefüße, daher ihr Spitzname »Hundsfisch«. Im Neusiedler See sind sie jedoch seit der Besiedelung durch Aale aus Minsk beinahe ausgerottet.

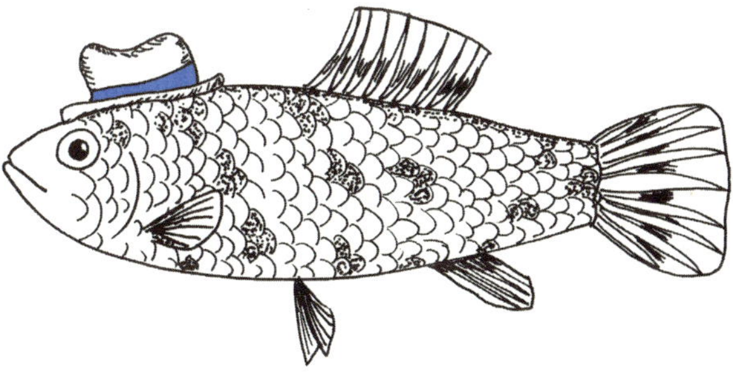

Unterhaltung

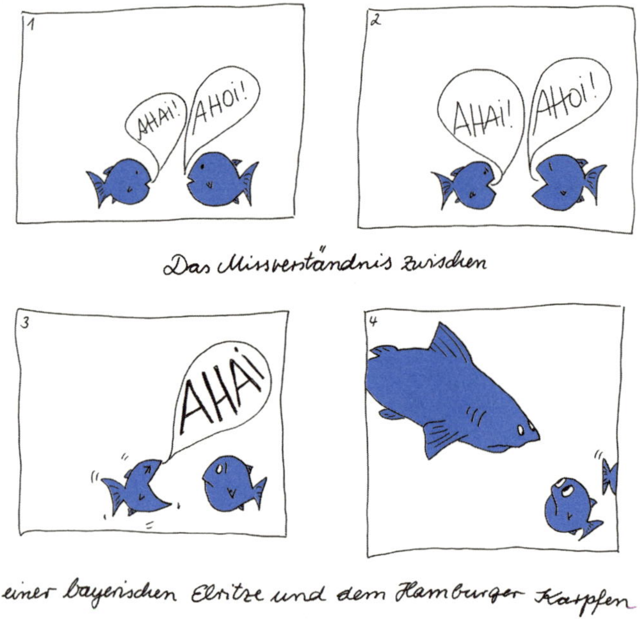

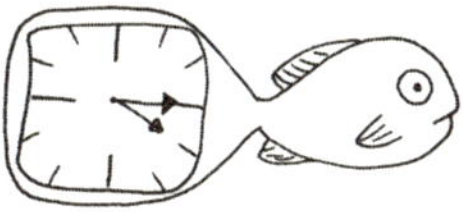

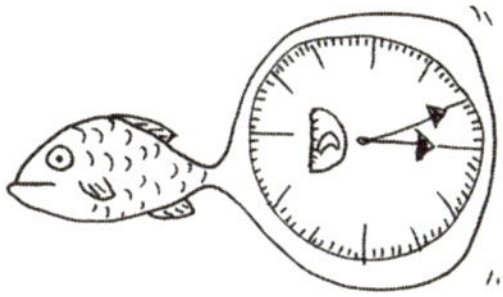

Urflosser – Urflosser sind altertümliche Knochenfische und heute ausgestorben. Im Mittelalter der Erdgeschichte weit verbreitet, dienten sie Pantoffeltierchen und anderen Einzellern als Götzen, Wecker und Stoppuhr. Mit Anbruch der letzten Eiszeit gingen sie jedoch mehr und mehr nach und sind im Jungpleistozän endgültig stehen geblieben.*

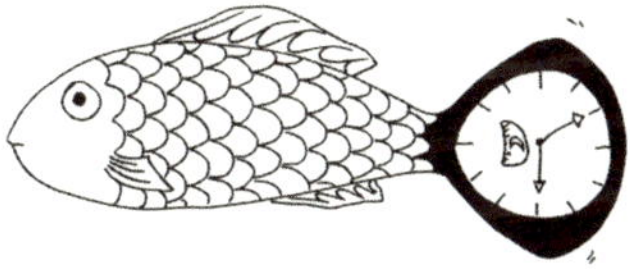

* Es gibt auch Mondphasen-Urflosser Replika aus Bangkok, die gehen aber immer nach.

Vampirfisch – Vampirfische sind Tiefseefische, die in völliger Dunkelheit leben. Man vermutet ihren Ursprung im Bulea-See, einem Gletschersee der rumänischen Karpaten. Sie haben einen gestreckten Körper, verfügen über spitze Fangzähne und saugen Blut der Gruppen A, B und Null. In Hungerperioden fallen sie in eine Art Leichenstarre, die sie oft jahrzehntelang durchhalten können. Der älteste Vampirfisch, der jemals katalogisiert wurde, lebte am Mariannengraben und war etwa 1375 Jahre alt. Er ist inzwischen versteinert.

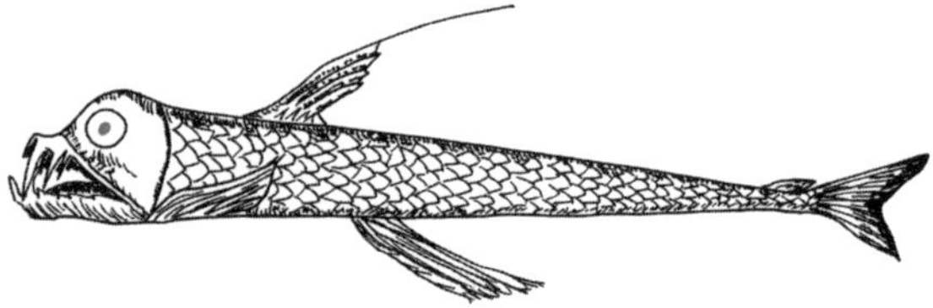

VfL Bochumfisch – VfL Bochumfische steigen gerne auf und wieder ab. Man erkennt sie am bekümmerten Gesichtsausdruck. Sie rechnen stets mit dem Schlimmsten.

Walfahrt

Walschweigen

Mit einem Mal verstummte er,
kein Ton wollt ihm entfliegen.
Der Wal blieb still und sang nicht mehr,
war wie ein Grab verschwiegen.

Man wusste nicht, woran es liegt,
und zog besorgte Mienen.
Man fragte: »Hamse Appetit
auf Lebertranpralinen?«

Er machte »Quörk« und würgte schwer,
wär beinah abgetrieben.
Da holten sie 'nen Doktor her –
der hat ihn krankgeschrieben.

Man gab ihm Tang und Algenkraut
auf Flossen und auf Kiemen.
Er zuckte und gab keinen Laut:
Die Stimme war vertrieben!

Nun liegt er schon seit Tagen
im Bett des Hospitals.
Er hat – und kanns nicht sagen –
nur einen Frosch im Hals.

Weimar

Wo die Altstadt gelb erleuchtet
und ein Denkmal schweigend wacht,
wo die Ilm so zart und feucht ist
ruft der Uhu jede Nacht:

Leute, wisst ihr wer hier lebte,
nackend sprang in diesen Bach?
Welcher Dichter leise bebte,
als der Goethe ihm versprach:

Komm ans Wasser, es ist kühl
und das tut dem Denken gut.
Gibt Dir noch mehr Taktgefühl,
nur berühr sie nicht, die Flut!

Doch der Dichter tauchte ab,
nichts blieb an dem Manne trocken
Warn die Haare vorher glatt,
hatte Schiller plötzlich Locken.

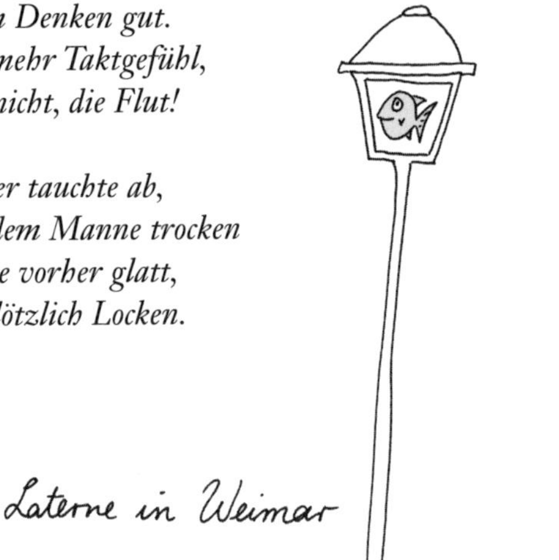

Widersacher

Die größten Feinde der Sardellen
sind die mörderischen Wellen.

Die Widersacher aller Thunen
warn von jeher die Harpunen.

Das größte Elend der Karauschen
ist die Donau und ihr Rauschen.

Die schlimmste Unbill der Makrelen
ist, wenn wieder welche fehlen.

Doch der Freund von jedem Fisch
isst – na was? Ve-ge-ta-risch!

Flundern wandern
zum Wundern
nach Flandern

Wundert sich die Flunder

Wer lässt mich vom Sande träumen?
Wieso bin ich nur so matt?
Muss die Liebe überschäumen?
Warum wird das Meer zum Watt?

Gibt es Gott und ist er weise?
Macht Er alle Wunder wahr?
Diese Dinge dachte leise
flach am Grund die Flunder da.

Fragen wiegen Zentnertonnen,
weil man nie ne Antwort hat.
Und vom Grübeln ganz benommen,
ist die Flunder heute platt.

Yetikrabbe – Die Yetikrabbe wurde tausendfünfhundert Kilometer südlich der Osterinseln in etwa zweitausend Metern Tiefe entdeckt. Sie wird weiß geboren und beginnt bereits in den ersten Lebenstagen mit dem Tanzen. Wegen dieser Begabung ist sie in Asien ein Popstar. Im Himalaya war sie noch nie.

ZAHNFISCHE

Fische haben meistens die
Zähne im Gesicht.

An solchen Tagen beißen sie,
an andern eben nicht.

Zebrafisch – Zebrafische haben mit den Menschen die meisten Organe gemein und werden oft zu Forschungszwecken benutzt. In Karlsruhe gibt es das Zebrafisch-Ressourcenzentrum, wo Wissenschaftler anhand komplizierter Sprung- und Laufparcoure das Zappelphilippsyndrom (ADHS) an ihrem Verhalten erforschen. Den Zebrafischen macht Herumgezappel Spaß, sagen die Forscher.

Ziegelfisch – Karpfenähnlicher Fisch mit Schieferpanzerung anstelle von Schuppen, oft schwarz oder dunkelrot. Ihre Haut ist schmutz- und wasserabweisend, wegen ihrer Bewegungsarmut sind sie beliebt als Dachbelag. Ziegelfische werden bis zu dreißig Zentimeter lang und halten je nach Witterung bis zu fünfzig Jahren.

Walisische Ziegelfische
(Flachziegelschuppen, unverfalzt)

Zitheraale auf einer Konzertzither (ca. 1914)

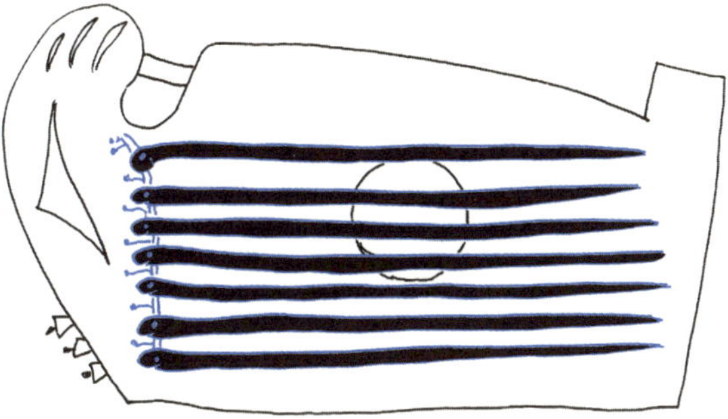

Zitheraal – Mit elektrischem Strom geladene Neuweltmusikfische, die Alexander von Humboldt 1802 in den seichten Niederungen des Orinoko entdeckte und mit nach Europa brachte. Ein findiger Geigenbauer aus Linz entdeckte ihre Eigenschaft als Resonanzverstärker und montierte sie auf einen Holzkasten (= Zither, volkstümliches Instrument der Alpenbewohner; Tischgeige). Zitheraale atmen durch Blutgefäße im Mund, weswegen sie länger an Land aushalten als viele ihrer Artgenossen. Sie ernähren sich von Volksliedern und spielen am liebsten »La Montanara«.

Zwiebelfisch – Zwiebelfische sind Buchstaben im Druckbild, die da nicht hingehören.

Arezu Weitholz ist eine deutsche Gegenwartsdichterin und Illustratorin, die durch volkstümliche Fischdichtungen viel zur Verbreitung von naturwissenschaftlichem Unsinn geleistet hat. Seit dem Gedicht »Der Aalphabet« (2010) oder dem Lament »Der Haifisch ohne Zahn« (2010) gilt sie als »die Mutter der ichtyologischen Poetik« in Deutschland. Weitholz wurde 1968 in einem Dorf in Niedersachen geboren. Sie besuchte zwar ein Gymnasium, genoss dort aber nur einen ungenügenden und sehr formalen Unterricht. Trotz einer nachfolgenden Ausbildung zur Bankkauffrau fand Weitholz von den Zahlen zu den Buchstaben und darüber hinaus auch zum Fisch. Sie lebt in Berlin, dichtet am Meer und zeichnet am Schreibtisch.

Arezu Weitholz
Ein Fisch wird kommen
Kleine Fischkunde mit Gedichten
Mit zweifarbigen Illustrationen der Autorin

Gestaltung: Heidi Sorg & Christof Leistl, München
Druck und Bindung: CPI – Clausen und Bosse, Leck
ISBN 978-3-88897-866-1

www.fishyouwerehere.net

www.kunstmann.de